U0723143

36

第３６届青春诗会诗丛

《诗刊》社编

土方法

韦廷信　著

长江出版传媒
长江文艺出版社

韦廷信，壮族，1990年生，福建霞浦人。诗作见《诗刊》《诗选刊》《诗潮》《诗歌月刊》《民族文学》等。入选《诗刊》社第36届青春诗会、中国作家协会2018年少数民族文学重点作品扶持项目。

目　录

辑一　土方法

量子纠缠　003

土方法　004

柴刀　005

绳子　006

鞭子　007

剪布　008

番石榴　009

大朵大朵　010

再不敢打听家乡的人　011

心理诊所　012

回乡　013

人不亲土亲　014

瓦雀　015

乡下的小鸟　016

017 一个茶农在柏洋山上寻找他的小儿子

018 乡村异闻录

019 哭丧人

020 围炉夜话

022 追着月亮跑的人

023 两个互不认识的人做着各自的事

024 长大了别像我

025 法定年龄

026 圣水寺的画师

027 代笔先生

028 拿药

029 白发

030 我还未老去

032 搬运工

033 草木灰

034 半枝莲

035 火柴盒

036 圈养

037 面容

038 对一些祖字开头的词语心怀敬意

039 一身两角

040 欢愉

041 约会

背山面海 042

不懂去问墙壁 043

粗人 044

望月 045

看星空 046

看雨 047

雨 048

雪 049

辑二　孤岛书

孤岛书 053

与友书 054

半岛 055

入岛 056

求情 057

细沙 058

我一人看日出像是在为谁送别 059

古桶村 060

意念 061

寄居蟹 062

小鱼小虾 064

雪雁 065

066　祖国的霞浦

067　包公鱼

068　鱼传尺素

069　我偏是那个讨小海的人

070　讨海人

071　瓮

072　夸父逐日

073　车过东壁

075　沙江 S 湾

076　北岐虎皮滩涂

077　滩涂晚霞

078　古岭下的旱鸭子

079　半城里小记

080　渔模

081　大海的把戏

082　巴厘岛上发呆的男人

辑三　时间帖

085　我把上帝堵家里

086　牵挂

087　天子脚下

088　南方的冬

地铁 6 号线　089

白云上　090

在异国他乡与汉字相遇　091

列车穿过我的身体　092

牙疼　093

我怀念收信的日子　094

劳工　095

与火星人对话　096

自己做主　097

午后　098

分身乏术　099

北有乔木　100

杯弓蛇影　101

像我这个年纪无法平静地去爱一个人　102

青眼相加　103

与鼠书　104

瓦当　105

公交站　106

炼化天上的云朵　107

楼下的樱花　108

驭兽术　109

出生帖　110

子丑寅卯辰　111

112 谒巨石

113 捣衣声

114 对立面

115 说一朵花的美

116 说一只碗

117 说两棵树

118 第一旗山

119 天冠说法台

120 黄柏古银场

121 夜半驱蚊

122 待产房

123 母婴同室

124 婴儿夜啼

125 想事情

126 这一天的其他时辰都变得不重要

127 牙齿

128 命数

129 逃避

130 真相

131 臆想

132 日历

133 赤溪村记

134 夜宿赤溪村

赤溪村的早晨　135

叫声　136

下半夜　137

一枝不说话的花　138

留一个月亮　139

毒花　141

晚熟　142

旧钥匙　143

时光切割线　144

租客　145

南岸北岸　147

树心　148

沉在水里的诗　150

江南小镇　152

重生　154

我是一个爱哭的孩子　155

小鱼　156

我要一首诗从阁楼上下来　157

在蚁界，这也叫天降大任于斯人　158

辑四　壮族故事

妈勒访天边　163

164 　三月的后门山

165 　莫一大王的赶山鞭

166 　一幅壮锦

168 　木马夺锦

169 　染齿

170 　敢壮山的老牛

171 　铜鼓

173 　壮族姓氏释义

174 　山茶花

175 　父亲

176 　查无此人

辑一

土方法

量子纠缠

牛羊被关在圈里，鲨鱼被关在海里
雄鹰被关在天上。它们都想着从这个世界
突围。张不三和李不四也想着突围
像是认定了有另一个自己会在某处接引
这种情况并不少见
人们在做某一件事的时候
总觉得似曾相识
仿佛存在一个平行世界的自己
把这事情已做过一遍
他们活在不同的世界
却能在同一时刻因为花的枯萎而悲伤
因为干涸的小溪恢复细流而欢喜
这个世界的张不三在宁川路撞到了南墙
平行世界的那个张不三扭头就走
这个世界的李不四刚摸到身体中的某处隐痛
平行世界那匹叫李不四的老马便流下泪来

2020

土方法

我最容易忘事，打小如此
会忘记先刷牙还是先吃饭，忘记
昨夜灶里的柴火熄了没有，如果没有
它会继续噼里啪啦地喊我吧
可是它喊了吗，为什么一点也不记得
爷爷教我土方法
要记一件事，就在绳子上打一个结
记两件事，打两个结，记三件事
就打三个结……

清明那天，我喝掉了爷爷没喝完的酒
爷爷生前好酒
酒果然是好东西，半壶下肚
我便清楚地看见自己的心——
有千千结

2016

柴 刀

人老到一定程度的时候
会怕忘记身边的人
也怕子女忘记他们
他们会用一些奇怪的方式
来提醒自己的子女

我隔壁家的老李
听他女儿说
他常常一个人在客厅挥舞着柴刀
一开始以为他疯了
时间久了
发现这只是他常年作为一个伐木工
养成的习惯性动作

老李是靠一把柴刀养活了子女
如今退休了
仍继续挥刀
他多想让手中的刀也能开口说话

2019

绳 子

在乡下　人们常用的是绳子

每个人都有一条绳子

二蛋也有一条自己的准绳

能精确地量出自己走的每一步路

二蛋上山砍柴也用这绳子

杀猪的时候，也用它来五花大绑

二蛋犯错误的时候他爸拿来绳子绑他

把他绑在柱子上

有时还会拿鞭子抽打

他爸死掉的那天

他亲手拿来绳子

把他爸的棺材绑得结结实实

2019

鞭　子

顽皮的孙儿经常把家里的洗衣机、电视机
拆得七零八碎
奶奶拿来鞭子叉着腰，又要我治治你是不是
夏天的一个夜晚
中国东南沿海
孙儿从被窝里探出头，奶奶
那顽皮的台风又来了
它已经把屋顶的瓦片刮到地上
把花盆、大酒缸都打碎了
它都快要把房子给拆了
你快去治治它
说完钻进被窝等奶奶拿鞭子去抽打台风
没一会儿，窗外果然呜呜作响
孙儿心想，这要是抽自己身上肯定非常疼

2019

剪　布

阿布出生时，布妈给他缝了一条神奇的抱被
它可以把噩梦通通赶跑
阿布渐渐长大，抱被也变得老旧
布妈把它剪成一件外套，阿布每次过年都要穿它
它可以把堆积在心里的烦恼都一扫而空
阿布又长个子了，外套也越变越紧
布妈把它剪成一件背心，阿布穿着它上山砍柴
有一天，树枝刮破了背心。布妈心想
阿布也该成家了，就把背心剪成一条领带
大婚当日，阿布领着阿财、阿宝，敬酒，回酒
领带沾满酒渍。哎，这次布料太少了
布妈边摇头边剪，最后剪成一朵胸花
布妈故去时，阿布胸口就别着它

2016

番石榴

番石榴和芭乐是不一样的
它没有芭乐那鲜艳的绿
没有那么光彩照人
它肉质柔软而不清脆
长得一点也不大方
甚至有点皱巴
像我在乡下见过的那许多张辛勤劳作的脸
可它香啊，放一个在桌子上
整个屋子都是香味
它包裹着的
童年与村庄都是香的
如果吃水果也讲究门当户对
那番石榴是我的良配
它跟我在农村多年只有一个名字：番石榴
进城后，多了许多标签
我听到最多的是，人们直接喊它：芭乐

2020

大朵大朵

老家的云大朵大朵的
山大片大片的，喝茶大碗大碗的
他们在这大吹大打，大摆筵席
耳得之为声，目遇之成色

唯独爱，羞于说出口
甚至是吝啬。甚至是慌张
农村人大都这样，生怕爱
一说出口便一文不值

2017

再不敢打听家乡的人

有一次和二狗子闲聊时问到三叔公去哪了
他结结巴巴地说到地里干活了
后来我又打听阿季婆去哪了
他结结巴巴地说到地里干活了
我还想继续打听
二狗子撒腿就跑说也要赶紧下地干活了
多么赤诚的兄弟呀，一生热爱这片土地
回城后我妈说，你打听的那几个人半年前就死了

2017

心理诊所

闽东以丘陵山地为主

山多，庙多

神也多

在乡下生活的人

遇到无法解决的事就交给神

心里有苦衷

有愿望

也只跟神诉说

神显得如此通情达理

庙就成了人们的心理诊所

你遇到的诸神

陈靖姑、姚三娘、黄山公、车山公

细究起来

与他们多少都有些沾亲带故

他们木讷，不善于交流

平时不爱找事

像山里的飞鸟

叫过了，轰鸣过了

便噤声，拍拍翅膀各自寻找食物

2020

回　乡

他痛哭着说，所谓的回乡
不过是一次赶尸
将客死异乡的自己带回家乡
所谓的回乡
不过是被节日、亲情、吃喝
架空在一个层面上的按部就班
所谓的回乡
不过是四处找找
哪里是沙江里，哪里是脚芒下
哪里可以挥锄，哪里可以插秧
所谓的回乡
不过是想要回去住上两年
却往往只有春节七天或者中秋一夜
不过是想在星空下
跟老父亲聊聊农事、家事和乡里的事
不过是在等老父亲回屋后
独自一人面对着这乡野之上的满天星光
号啕大哭一场

2019

人不亲土亲

在城里待了几天后
奶奶又回到乡下
在城里她出不了门
一出门便是举目无亲
到了乡下并不是说她就能找到想要亲近的人
与她亲近的人，大多已不在人世

可她依然选择回到乡下
她习惯了乡下的气息和生活方式
她很少出远门
一生踩在那块土地上
她也刨那块土地，垦那块土地

这就是她生活了 70 年的土地
它了解奶奶走过的每一步路
哪一步走得急促
哪一步走得缓慢
哪一步走得欢欣雀跃
哪一步走得异常艰难

2019

瓦　雀

层层叠叠的扣瓦和仰瓦

覆盖着村庄旧事

像一双双饱经沧桑的眼睛

又像无声无息的波浪

部分情节隐瞒不住

生出了苔藓。颜色越深

被村民们提起的次数就越多

秋收的午后

麻雀在这些瓦片上瞪着圆圆的小眼

巡视四方。它们胆大易近人

盯着屋前晒着的稻谷

有时也翻身到檐下和燕子谈一场恋爱

我在瓦片上也见过

一只另类的麻雀

它胆小，孤僻，怕上青天

多像那些年生活在大山里的我

怕与大山对峙

大山过于空旷

占据了庞大的孤独

2020

乡下的小鸟

如今乡下的小鸟胆子也大了起来
对于我——
一个久不还乡的"生人"
竟也不怕，在路边的小树杈上与我对视
等我走近它，也不飞走
直到我路过它身边，并打了招呼
它才满意地点点头，然后飞走

2018

一个茶农在柏洋山上寻找他的小儿子

一个茶农在柏洋山上寻找他的小儿子
在对面山上我寻找进入村庄的方式
我们谁也不希望儿子或村庄，被七月半诅咒
后来我们在两山之间的水库边上找到他们
庆幸的是他们没掉到水里

以上是我的假设，事实是
他找到了小儿子，我还在山上
恐惧充斥我全身，雨水打入村庄
他却说在一个阳光明媚的日子里，我骑着高头大马进入
　　村庄
他因为找到小儿子满心欢喜，给我雇了一支吹唢呐的
　　队伍
说村子里的人在等我衣锦还乡

2017

乡村异闻录

我又回到了这个长花，长草，长虫的地方
久扣柴门无人应答
乡下人睡得早
主动把夜晚上交给神灵
我爬上屋顶，用微信查看附近的人
按亲疏关系算
与我最近的是头顶的月亮
举头三尺有姐姐
这些年我才如此老实本分
与我稍远一些的是百葡先生和小蘑菇
我曾尝试与一株葡萄做交易
要她交出心里的秘密
小蘑菇大概是乡下最豁达的人
常年一副怡然自得的样子
风吹雨打也无妨，有蘑菇帽罩着
再远的就是后山的苦竹了
便在这时，那阿苦兄弟重重一声叹息——我苦哇
这一声长叹，似要把五脏六腑都叹出来

2018

哭丧人

他是闻名十里八乡的哭丧人

能让山河陷入悲鸣，草木摇落

他未接受过专业训练

哭丧的时候没有任何仪式

只是埋头痛哭

有一次我问他，你是怎么哭得那么真切

他微笑着说，其实也没有什么技巧

就是一看到那棺材

一穿上那麻衣

就想起自己过世的母亲

2018

围炉夜话

借着木炭上的火
与父亲
抽同一支烟

从口袋掏出两个硬币
与父亲
拔下巴上的须

儿子也做了父亲之后
像后山的松树
年轻粗壮的枝丫靠着老树干
它开始懂得如何对父亲好

而父亲
在炉火下的眼神
如一只受伤的猫
每讲一句话都要停三秒
那不再是威严
似乎只是在等待儿子的
一个肯定的
表达，或许就是一声咳嗽

火苗蹿上吊木，噼里啪啦
那不是新年的祝福，是岁月
的叹息，来自一个男人真正权势的丧失
于是父亲开始钟爱起孙子

2013

追着月亮跑的人

今夜她心事重重
在云朵里踱步
找那个曾经追着她跑的人
曾经多幸福。她走，那个人也走
她跑，那个人也跑
她停，那个人也停
她进林间
那个人就爬到树上
她过湖面
那个人便跳进水里
她到省城
那个人就跟去省城

今夜她还是她，而那个人却成人山人海
那个人做过许多傻事，比如
月下独酌，水中捞月
那个人后来变得精明了
比如留在省城

2017

两个互不认识的人做着各自的事

我看到他和她擦肩而过
我们仨互不认识
很有可能，这就是一生了
许多有名的、没名的人都在做各自的事
彼此没有交集，做的事
也无关联。山谷里的野花开着
并不影响办公室里的香皂花散发香气
花永远分不清，诸多的赞美中哪个是真的
我在一个不大的地方活着
你的世界呢，辽阔还是狭窄
如果此时你刚好读到我的诗
亲爱的：我们变得有关
我们都活着。并穿过了不计其数的行尸走肉

2017

长大了别像我

经韦氏家族证实
半岛有一个小朋友特像小时候的我
这周末我就要去半岛找他合影
我要去和小时候相遇
相遇后，我要告诉他长大了别像我
他可以更傻一些
去玩更多的泥巴，弹更多的弹珠
走更多的山路，摘更多的杜鹃
吃更多的李子冰棍
哦，这种冰棍可能街面上已经很难买到了
如果他想读诗我教他
如果只是想在海滩上玩耍就随他
奶奶要找，就让她多找一会儿
合影时，可别像我一样拘谨
不要摆立正的姿势
不要一本正经
脸上的泥土沾就沾些吧
怎么自在怎么来，不想入镜我也不勉强他

2017

法定年龄

我们经常活在大多数之中

有人说山上有虎，大多数人便止步不前

大多数人止步不前，山上便真的有了虎

虎已盘踞内心深处，牙尖爪利

大多数人说什么不能做，便不可去做

大多数人又说什么样的年龄就该做什么样的事

大多数人是天，天生天杀

大多数人是法，法不责众

我一生守法。到了法定上学年龄便去学堂

到了法定结婚年龄便去礼堂

那到了法定死亡年龄呢？

该去哪儿，我心有戚戚

我身体的大部分部位说要

却总有一个部位说不，有时是手，有时是脚

2017

圣水寺的画师

他身子上面
是虎的头颅
他坐在小木凳上
拿着粉笔
画一只虎

画虎啸山林
画倦鸟归巢
画青峰隐隐
落地打坐
画一个和尚从佛祖身体走出来
接过大碗的酒大块的肉

2016

代笔先生

他这一辈子代入过很多角色
用他自己的话说，这辈子同时以许多身份活着
他代写诉状
为隔壁老妪打官司
笔落惊风雨
为争夺一块祖屋面红耳赤
他代写情书
便活成一个儒雅的青年
有时也活成一个羞赧的女子
他代写家书
我看到了一个慈父
在深秋的弄口等他多年未归的孩子

2020

拿 药

我容易得季节性感冒，换季如洗髓
久病成医。知道该拿什么药，多少分量
对自己身体的脾气也有所了解
我去药店拿药，意外发现我生活的这条街道
也病了。街上的药店和饭店一样多
谁也没有注意到街道何时被药店占领
玻璃柜里的药对我发现这个秘密
竟没有丝毫惊讶
它们就那样大大方方地躺着
像是完全占领我的身体是早晚的事
像是认准了我是一个容易生病，渴望用药的人

2020

白 发

他染黑过几次白发
后来索性放弃了
他试着让白发长长
扎小辫子
白发易折
折腾不出太多花样
这么多年了，他还是喜欢站在风口
让风吹动自己的头发
吹出不一样的造型
时而怒发冲冠
时而披头散发
在与风的博弈中他总能有些明悟
比如从此再不要什么愁绪
想清楚了这白发是如何也长不到三千丈

2018

我还未老去

我已许久未体验这骑马一般的感觉
车上柏洋
归乡的思念
在凹凸不平的柏油路上
颠簸殆尽

剩一副干瘪的想象力
装不下老房子
苔藓包围了砖瓦
远远看去
春联只剩下横批的马年吉祥

总是念叨着：落叶归根这个词
得带回故乡的土里
它没有脚
外头风大雨大，容易溃烂

当我还未真正老去
背一座青山
种树，筑房，写诗，心有所属
去赎回典当掉的

白云，蓝天

2015

搬运工

年关将近，他把一座城市搬到另一座城市
细数下来已经十个年头，他俨然成为中国大地上
最出色的一名搬运工。在整个春运大潮中
他把北京、太原、郑州、武汉、长沙
西宁、兰州、西安、合肥、杭州搬到了宁德
他背起行囊跳上火车，带着孩子的玩具
老人的棉袄、妻子的嘱托
他的天生神力足以令人信服能挪动乾坤
唯有故乡他搬不动，故乡有根，得连根拔起

2018

草木灰

在田间地头不能运回利用的秸秆
多就地焚烧。火光四射处，滞留在人间的庸人
忧心忡忡，成了草木灰还有何用？
庸人自扰的，我奶奶心里却亮堂得很
小时候家穷，奶奶教我用草木灰刷牙
奶奶不说家穷，只说草木灰刷牙
可洁牙，除垢，治口臭
草木灰属碱性，还可让那些尖酸刻薄的话
产生中和。奶奶说，拯救地球这事她无能为力
只有一嘴草木灰去抵御那些能伤害到她的左邻右舍
他们经常会因为抢夺一块祖地，血口喷人

2018

半枝莲

我有半枝莲
养在窗台上
虽不能出淤泥而不染
但半枝莲全草入药
也能清热解毒，活血祛瘀
可吸收家中电器、塑料制品等散发的有害气体
能缓解我在这人间所产生的疼痛

我有半枝莲
养了一月有余
有一天我突然得知
它在这人间染上了一场疾病
我内疚万分
是我让它吸入了太多的有害气体
还一度朝它倒苦水
它性寒味酸，沉默寡言
虽然我猜不透它的心事
但我看到它独自在风中发呆摇摆的样子
就知道它在这人间隐忍已久

2019

火柴盒

它将一根火柴交给乡下的干草垛

一根交给都市里的香烟

一根交给城郊接合部的黑暗虚空

并告诉她们，为了你们的男人

你们的理想，用力去爱

当火柴盒把体内的第 37 根火柴交出来时

它的爱已经走到了尽头

它空空的身体

不足以再让她像年轻时遇到一个人就能擦出火花

2019

圈　养

七岁的侄儿看着金黄的稻谷

被一把一把拦腰割走

看着猪圈里的猪

被一只只抬走

抬起头很认真地问我

我们也是被谁圈养在地球上的吗

会不会也这样突然地死去

或者被抬走扔到一个枯寂的星球

我也把头抬起

把这个问题拿去问那个比我长得更高的谁

我不急于问出

而是一遍一遍感受在一个枯寂的星球中

该是如何的痛苦与无助

2020

面 容

这个夏日早晨

她心血来潮

学起古人照对菱花

弄妆梳洗画蛾眉

为了不浪费这美好妆容

她去喝咖啡，逛商场，看电影

她去人多的地方

把一段时间以来没见的朋友见上一面

把那些看似无意义的事情做上一遍

解下发绳为裂开的树枝包扎

搬走脚下的石头，让阳光舒服地躺在地面上

打开门让风从容地钻过去

回到空空的楼道她哼起小曲

日子发出回声

原来日子并不是那么无趣

2019

对一些祖字开头的词语心怀敬意

我们把父亲的上一辈叫祖父，把家族最早的上代叫祖先
把祖先开辟的生存之地，把我们捍卫的
这片世代相传的土地叫祖国
在祖国这片广袤的土地上
我同草籽一般渺小
我安于渺小的现状
心甘情愿同其他渺小的事物一起成长和变老
找到同样渺小的她
结婚，生子，不忘为美好生活努力奋斗
我们对祖父、祖业、祖先、祖国这些宏大的事物心怀
　　敬意
对祖国的大好河山、灿烂文化心怀敬意
对逝去的和正在成长的事物心怀敬意

2020

一身两角

你想让躯壳装满山川、雨露、爱和阳光

想脚下的土地坚固并有芬芳

想眼前的人都可爱

想远处的星河都璀璨

想和喜欢的人一起过着无忧无虑的生活

你认定自己是一个什么样的人，就能看到一个什么样的
　世界

不幸的是

这些都只是你想的

现实中的你，正渐渐活成自己最讨厌的样子

跟好朋友聊天再做不到无话不谈

爱上一个不可能的人，变得玻璃心，自我折磨

在亲人面前爱耍小脾气，甚至会大吼大叫

在孤独面前，身子一低再低

2019

欢　愉

田野十分开阔，我们走着
漫无目的。几只田鸭在刚犁过的田里
它们凑在一起找什么
我们聊的好日子，再没有比这更美好

我们随意往田里撒了把种子
再不理会
至于后来稻田会生成什么模样
甚至会不会长出稗草，都不知道

面对这不必刻意去讨好的土地和粮食
我们很想再聊聊
把这份愉悦的时间维持得更长些

2020

约 会

一次浪漫的约会应该是这样的
约她在星空下谈诗
星空下的堤坝上或者星空下的草地上
星空是必备条件
如果还可以提个附加条件
那就让她喝些酒
听我谈古今，谈风雅
谈喜欢的人
谈此刻被我指认出来的星空中的某颗星星

2020

背山面海

当我还在村里等一天只有一个班次的中巴
火车替我去了远方
当我犹豫不决是否出门赶海
鹬蚌替我争出了输赢
夜色和夜色们
在月光下悄然滑入大海
我正在等，已经有人爬上高高的山冈
替我喊出了黎明

日出时的雁洋城，是那一道海棠红
海滩描上的釉色正十分好看
一只小苏眉蹿出海鲜池
往深海游去
一心赶往家乡的人
我从不担心她会在半路迷失方向
这座小城背山面海
有底气，有胸怀
适合吃茶攀讲，也适合打拼远行
执着，咬定世间万物的一种身体力行

2020

不懂去问墙壁

当我困惑时，老家的人就跟我说
不懂去问墙壁。墙壁里什么都有——
天地玄黄，宇宙洪荒
有无尽的秘密，也有我要的任何答案
我们当中的谁已经在墙壁里看到
烽火三月，兵临城下
看到了一将功成万骨枯
我去问墙壁，是为了找一个答案，找自己
有几次，我在墙壁里看到了银河星光
那么清晰，花花绿绿的星球飞来飞去
它们隔着无尽星空朝我撞过来
墙壁里传出来我肋骨碎裂的声音

2020

粗　人

柏洋乡里生活着许多这样的粗人

他们吃粗粮长大

在后门山栽种许多粗壮的大树

下地干起活来像是乡村地图上移动的粗号字体

刚从地里回来的叔叔婶婶

他们握锄头的手是粗糙的

说起事情，话也是粗糙的

但他们的话粗理不粗

说锄头底下有三宝：抗旱，防涝，除杂草

在一些大是大非面前

他们表现得极为睿智

什么叫粗中有细

柏洋二字分开来看，有柏树，有洋流

他们能在一座山、一条河边

曲径通幽，涓涓细流

都活得像一个得道的高僧，急处从宽

2020

望 月

进入八月，月亮这把弯刀
舔着血，盯着人间
明亮亮的
企图一刀一刀把异乡人的心剜空
填补自己的缺
八月十五这天
它更加明亮，看上去还有些锋利，清冷
抬头望月的人，心
无一例外已空空如也

2020

看星空

天上的星星
是亮着灯的房间
异乡的人
喜欢看星空
像看一桌可口的饭菜
失恋的人
喜欢看星空
像看一张温暖的床
藏有心事的人
喜欢看星空
像看着自己的心事
一点一点地被捻灭
生命就要走到终点的人
也喜欢看星空
那是死亡表象所延伸出来的指认
是最后的光
返照在他们身上
和他们遥相呼应，在相互辨认

2020

看 雨

一个无所事事的人
容易把一件极平凡的东西看出花样
我在乡下看雨
雨一丝一丝
像自然界的小精灵飘落
七八个洋中厝
两三点观音亭
一声鸟鸣
喊出了整个乡村的晚天疏雨
雨渐渐成串
你不得不折服于它们为了心中的主义
前赴后继的样子
我越看越是心惊
仿佛无意中窥探到什么
每一滴雨都经历过生死
每一次重生
都要在高空受冷凝结，碰撞，合并
历经多少轮回
却心有执念
一定要在自己惦记的地方落下

2020

雨

一滴紧随着一滴
有序，目标明确
落下的时候
被风吹斜，却不曾散开

落到泥土里
就顺着泥土滋润大地
落到水泥地上
粉身碎骨，也不喊疼

风停了，雨也止了
有一排雨滴还挂在檐上
迟迟未落下
似有什么难言之隐

2020

雪

落下的雪
不说人间疾苦
但面色始终苍白

雪鸮一刻不离守卫着
发出吠声，鼓喉，扬尾并弓身

雪只顾落下
雪不断落下
直至苍茫

2020

辑 二

孤岛书

孤岛书

见字如晤，岛上近来可好？
我不确定这封信会被你们当中的谁收到
海风从不认真替人传信
想必岛上一切如故
大海是包容开放的
但我深知你们的坚持
孤岛之孤，在于孤洁
像一朵海外独自盛开的莲花
包公鱼还是喜欢独来独往吗
我在岸上时常听人议论你的乌背
铁面无私注定会缺些狐朋狗友
想起和喷火鱼在深海游弋的日子
我们举着一团火
燃烧过的青春就这样一去不复返了
还记得经过珊瑚礁的时候
小丑鱼……
算了，不调侃小丑鱼了
愿你们平安，快乐
远在他乡而又时刻牵挂着你的　岛主

2019

与友书

如果你刚好也喜欢大海
定要想起来
我就在中国南方的大海边上
你可来这里住上一段时间
最好是在夏天
我们一起到大海中逐浪，戏鱼
我在海边有一间书屋
我们可以坐在书屋里聊天
一直聊到天亮
我们到门口看日出
一起见证一天中这最伟大的一个时刻
多么有幸
我们能从诸多事物中先苏醒过来
若是哪天你觉得生活并不如意
定要想起我就在中国南方的大海边上
南方无所有
但我可以到海里为你摘下
一朵朵浪花

2019

半 岛

我所说的房子

住着浅海和沙滩，住着

海客瀛洲之谈，它的秘密是

孤独的自白部分，我对你说

我听见牡蛎壳中读诗的声音，听见

海浪声中夏的讯息

我听见螃蟹在悄悄进行

明早赶集的路线安排

我对窃听到的这一切感到无地自容

在一只剑蛏面前，我卸下武器

卸下自身的优越感，卸下

一切自我防卫的道具，最后我

把"人"的一撇一捺也卸下

2016

入　岛

半岛书屋的入口在霞浦高罗的海
想入海并不简单，得讨好一堆海藻
并在礁石心情好的时候才能进入
半岛的门有时落在寄居蟹脚上，有时在海螺背上
如果遇到的是喷火鱼，那就不巧了
在半岛偶然会碰到一些熟悉的面孔
比如周六晚上来敲门的水母
也有跟我一样来自陆上以逃离名义出来的大嘴猴
我们在书屋谈人生，谈理想，谈星空
门口的海浪从未停止拍打
我们当中如果有人犯犟
海浪会把他拍回岸上
海浪专打脾气臭的，门外的礁石就被揍了一整夜

2019

求　情

这个夏天，我在海边又结交了一些朋友
最为倾心的是小白
她是鹭鸶的一员，谨小慎微
一双翅膀忽上忽下
还有一只很大的螃蟹
他面目狰狞，背着坚硬的壳
他们多是出于自卫
其实都比我更希望这世界和平，没有杀戮
我们，有着自己的骄傲
每一朵浪花也有其追寻
谁能说得清谁的命更为高贵或卑微
在海边，更多的生物与我是陌生的
那些被渔民捕捞走的小鱼小虾常使我内心煎熬
是否上前为她们求一次情

2019

细　沙

年轻的我们走向大海
大海里有风浪
还有许多未知的风险围着
我们对一切未知的事情充满期待
但没有人真的希望遇险
能安抚我内心的，细沙
在经历完大风大浪后安静地伏在我的脚边
我脱掉鞋子，细细地感受着
它包围我的姿势

2020

我一人看日出像是在为谁送别

清晨，霞光万顷。我在沙滩上眺望远方
我也有着文人忧郁的一面。空气潮湿，微冷
初升的太阳像一列火车
从海面开到天上
太阳在上升的过程中由红变白
白光刺眼
我仰着头，让眼泪流下来
如此，才算看完一场完整的日出
像是我要送别的人
彻底消失在我的视线中
朝着远方挥挥手
我一人在沙滩上看日出，总像是在为谁送别

2020

古桶村

村口虽小，但朝着大海
村子里广播一响
海里的虾兵蟹将就闻讯赶来
割肉以喂村民
多少年了
福宁湾从不让这位老邻居有食不果腹之忧
我们在刚落成的三沙观景栈道上眺望
此时天已黄昏
海面上残阳如血

2020

意 念

在半岛，我可以使用意念交流，流利程度
相当于英语八级。我不用张开嘴巴
信息便准确无误地传输到对方那里
我用意念与海鸥对话，你们要是教会我
飞的本领多好，免得每次要低头看我
你们该懂得，弹涂鱼爱吃醋
我得时刻低头顾忌她的感受
我很难做到一心二用
当我累了，倦了，想去沙滩走走时
潮水便退了下去，弹涂鱼会第一时间
爬上来。在人间，他们觉得我这人迟钝，木讷
比如不回微信，可我明明记得用意念一一回复过了

2016

寄居蟹

海风来的时候，寄居蟹在沙坑里进进出出
以此为乐
把一片撕碎的海螺举得高高的
叮叮叮响个不停
它有很多房子，海螺壳、贝壳、蜗牛壳
甚至是我扔掉的瓶盖

涨潮的时候，寄居蟹喜欢去捉弄
海浪——一群醉酒的人
勾肩搭背　在沙滩上歪歪扭扭地唱着歌
当这群醉汉就快追上了
它脑袋一缩到了沙坑里

其实我跟这群寄居蟹并不太熟
可村里人都认定我们是一类人
每个路过的人都说，像，太像了
村长找到我
给我开了一张证明，并把话留下
你可以跟它走

我回到破旧的渔船上

一遍遍地看着日出日落

村里已经传开

说我去了大海，身后跟着一群寄居蟹

2019

小鱼小虾

半岛的雨是星星掉在海里溅起的浪花
它打在书屋的门上，一点儿也不着急进门
就像我捧起一本书不着急把它看完
就像一只蚊子在我面前飞却不着急吸我的血
它可能是知道我体内有孤独的因子会传染
这必是门外浪花告的密。那就随它吧
明早起来，我会踩到海里去吗
我倒是乐于和小鱼小虾交谈
嘿，小家伙：早餐吃什么，小鱼还是小虾
它们见到我都躲得远远的
像是我往常对鬼神避而远之

2016

雪 雁

大海上空出现一排雪雁
抬头仰望
夏日的天空里多出这么多雪
真美，我心想
投映在波心的一声清亮鸣叫
该是那只雏雁发出来的
像一朵浪花荡开
也像是最薄的那片雪
干净，执着
我在南方候你多时，身披一片大海
我们都急着发出自己的声音
你看那海水
每一滴都是一个鲜活饱满的世界

2020

祖国的霞浦

祖国的霞浦是一抹晚霞

是留在渔民脸上的夕阳，是无限好

是葛洪山中升起来的一口仙气

这口仙气养活了一群精灵

大黄鱼，石斑鱼，龙头鱼，弹涂鱼

是他们让大海更加热闹

让大地充满生机

你看，他们让海浪弓着腰

在海上出色地完成一次又一次的跳马

向前跳跃，一跃千里

当他们嬉闹累了，又像一个归来的游子

从高速口下来，进入山河路

两排印着福字的灯笼在晚风中咬着耳朵

传递这回家的消息

我们被夹道欢迎，不论是官宦人家还是寻常百姓

只要在心里轻轻地叫唤一声：祖国的霞浦

好像就有一种力量让你清晰地感受到

你与这座城市正一起被谁疼爱着

2018

包公鱼

我们坐在甲板上看着大海
就像看一只趴在脚边的金毛犬
我们吃红烧鱼的时候，它也舔舔舌头
这时浪花一朵接着一朵涌过来
一顿饱餐后我们陆续下船，朝它挥挥手

岸上，一条在渔网里挣扎着的包公鱼刺入我眼球
它用身体拼命地拍打着水泥地
它脱离了水的样子多像我溺水时的恐慌和绝望

我被这大喜大悲的情绪困扰
忽然想起很多人，想起黑脸的包公
想起远庖厨的孟子
想起能不被情绪左右
端坐庙堂之上，处江湖之远的那些人

2018

鱼传尺素

它们最感激的是那根把它们打晕的铁棍

一身乌黑，沾满鱼腥味的铁棍

替它们接下了一刀刀凌迟的痛苦

没有彻底晕过去的鱼发现自己

被送到鱼类加工处

缄默，是它们的一生

不喊疼，不流泪

被开膛破肚后，尾巴扑腾了下

幅度也特别小

告别海洋，这些鱼相继到这里

一定是有什么重要的口信要它们务必送达

2020

我偏是那个讨小海的人

台风天的霞浦海岸

才配得上苍茫二字

狂风巨浪后的夜色苍茫越深

不管是一人还是

千万人立于这大海之上

也不过是一个小小黑点

台风过后，滩涂上会出现形形色色的

鱼类，藻类，虾类，贝壳类

总有一条鱼会把我认出

我们都以这片海为生

在滩涂上摸爬滚打

亲如兄弟

可是啊，我偏是那个讨小海的人

2018

讨海人

凌晨五点，天空一片灰蒙

四周雾气笼罩

滩涂的轮廓不大清晰

像是婴儿的五官还没完全长开

岛屿并不高挺

沙子和泥土缩成一团

讨海人背着鱼篓出现在滩涂上

对抗着无边无际的灰

随着太阳升起

灰色逐渐被推开

金色露出头角

滩涂的纹理变得清晰

一撇一捺都暗合大道之理

在光影交错下闪闪发光

这时在滩涂上劳作的讨海人也闪闪发光

2020

瓮

在众多的海洋垃圾中
有一只瓮面朝大海
路过的人会说这是一只有情怀的瓮
它的目光沧桑
这只瓮一定有话要说
你看它的口张那么大
其实瓮保持面朝大海的姿势
并非自己的选择
它被扔出来的时候
也跟别人一样
在海上随波逐流
一次偶然
退潮时，被岸边盘曲的树枝卡住了
卡住的时候
刚好是面朝大海的姿势

2020

夸父逐日

他们扛上摄影器材

匆匆塞口早餐上路

在日出时跑过北岐，跑过花竹

跑过北兜和围江

跑过一天当中最具贵气的虎皮滩涂

又在日落时跑过小皓，跑过东壁

跑过沙江、南湾、下青山

跑过一天当中最静谧的海上渔村和紫菜田

他们跑过一天中最黑暗的时刻

也跑过一天中最绚丽的时刻

谈论起霞浦滩涂摄影的这群人

渔民们都说

他们不知疲倦

像夸父一样在海岸线上追着太阳一直奔跑

2020

车过东壁

当赶海人用苗绳把紫菜架拉起来的时候
十月的霞浦滩涂
像阵法师在大海上布下的聚灵阵迅速运转
尽夺天地造化
网帘和竹竿布满滩涂
并向外海绵延
海风就是那只造物者的手
在空中拨云弄雾
像是在现场作一幅水墨画
每根竹竿都成为这幅水墨的风骨

小渔村在岛坡上，海面非常宽阔
养殖着大面积紫菜
远方是连绵叠加的山峰
山脚下是沙滩，海水阵阵冲刷着沙滩
多少次
车沿着海岸线上的公路行驶
我摇下车窗
想把眼前的这面紫菜田撕开
像撕开大海的文身

像撕开"神秘"这个词，让它露出肌骨

2020

沙江 S 湾

它出现在我眼前
像这个世界侧身的样子
曲线分明
它两侧立着的竹竿
像一句句立在水上的誓言
若是走近它
两侧的竹竿会像肃穆的卫兵恭迎你
竹竿上飘飞的海带
一条条，黑褐色，墨绿色，深绿色
仿佛城墙上哗哗响的旗子
初夏，海带变得厚而老成有韧性
十万条海带
同时伸手往空中一抓
抓住空或不空
都有睥睨天下之势
令这一带的气脉，颇具纹理与气象

2020

北岐虎皮滩涂

像一只虎卸去王者之姿

一身虎皮

盖在北岐滩涂上

摄影家们举着长枪短炮

瞄准它

此时的虎显得平静

在光影之下

有泪花、白须、晶莹的白

我看了它许久

许久它都不曾移动

随着太阳西落

它的身影终于黯淡

虎再霸道，也敌不过时间

在山中如此

在滩涂之上也是一样

2020

滩涂晚霞

黄昏时分，一整片滩涂

剧烈咯血

血染红了天上的云霞

海天一色

老渔夫走在滩涂上

像走在天上，胆战心惊

所有的目击者

都被这光阴之手控制住

瞬间衰老

变得容易悲春伤秋

浅海滩涂上的竹竿倒映在空中

好似天空也长出了胡须

往事一件件站立在夕阳下

接受审判

身影极单薄

看上去随时就要被海风吹散

海上扬起的每一朵浪花

都带着黄昏悲壮之色

2020

古岭下的旱鸭子

那日春风正好,阳光明媚
我到古岭下看落日滩涂
古岭下搁浅了一艘破旧的铁驳船
它再不能下水
再不能远航
但船头始终朝着出海的方向
它庞大的身躯占领了岸上最好的位置
这么多年寸步不让
但凡来嘲笑它的人都会被赶下去
一只小牡蛎恨恨地说,老家伙脾气还真大
为表达善意,我光着脚丫爬上铁驳船
用贝壳串起一串长长的项链
挂在春天的脖子上
我的生活是一艘未出海打鱼的船
大海告诉我的
我也将毫无保留地把它们挂在蓝天上

2019

半城里小记①

半城里，入夜余热渐消
你枕在我的手臂上
嗔怪着窗外一晚上都在闹腾不停的大海
你说，他一看就很不好带
的确如此，海浪声一阵高过一阵
爬上来又滑下去
迟迟不肯去睡
到了早上，他起得又比我们都要早
身上洒满的阳光
像是给自己裹紧的抱被
我们拿起备好的酸奶和面包
大海靠着窗户，窗户靠着床
你靠着我。万事万物运行都是如此相依相偎

2019

---

① 半城里，霞浦海边民宿，在城乡交会处。

渔　模

他了解摄影人需要的光影效果

晨光或暮色

该在什么样的位置

向大海发出邀请或者告别

他重新拿起四角网

飘网、撒网

每个动作一气呵成

却有意放慢

好似在向这片海域宣告

你们的王　回来了

从坡上的摄影台往下望

他的身影却显得极渺小

小得如一枚贝壳、一株海草

和广袤的滩涂融在一起

只有用长焦才能看清他面部骄傲的神情

2020

大海的把戏

在蓝梦岛，海水饶有兴致地
重复同一个动作。把海浪拍上
海湾，阳光下雾气升腾
像挂一条浴巾一样挂出一条彩虹
满足那些饥渴的人们
海浪退去，海水顺着岩石淌下

马上就要褪去了
那些依附在表面的东西
就在这个时候，人们失望地发现
露出来的还是那块岩石

当地人把这海水称为魔鬼的眼泪
从魔鬼眼皮子底下逃出来后
我长舒一口气，却听到旁边的游客说
那只是个调皮的孩子
一次次地把海浪举起又摔下

2018

巴厘岛上发呆的男人

你不知道他们在想什么
他们的眼神是深海
是深海中的蕨菜，是睡鲨
是睡鲨的一次打盹
而更多的时候
他们什么都不想
像坐在沙滩上的一尊佛像
放空自己，把深海中的一颗星辰
放空。这和写诗的人去掏空身体一样
他们也喜欢放风筝
如果说起他们最爱做的事
那无疑是一只手抓着风筝的线
一只手托着下巴　发呆
像深海中一座温柔的孤岛

2018

辑 三

时间帖

我把上帝堵家里

我把上帝堵在了家里

想尽办法让他留下来

跟他喝酒

可是我酒量差，三瓶下肚就醉了

拖不住太长时间

我又跟他喝茶，喝茶最耗时间

一杯续一杯，一壶接一壶

和他侃大山，用尽我的生命经验

再用尽我的文本经验

实在没话题了，我就跟他聊八卦

中国八卦这么多，一时半会儿哪里聊得完

我如此拖延上帝的时间

无非就是想知道，在这段时间里

你们向上帝许下的愿望谁去实现

2018

牵 挂

奶奶在圆明园看到树

开始着急家里的茶叶还没采

这清明前的茶叶偏偏又最值钱

在未名湖看到鸳鸯

又担心出来了家里的鸡没人照顾

我只好改变旅游攻略

我得带她去没有植物、没有动物的地方

就带她去故宫吧

那里的雕栏玉砌是农村没有的

那里的朝臣贵族是她建立不起联系的

那里的前朝往事是她不必牵挂的

2018

天子脚下

中午起床匆忙
踩死一只蚂蚁
银杏树说它要把我告上法庭

它并不知道我内部有人
大半片庄园是我祖辈留下的

眼前的秋
何尝不是我放出去的佃户
雪就要下了
看我不多收你一成租

2016

南方的冬

昨天电话里，老家的朋友说
南方第四次入冬宣告失败
这样也好
南方的湿冷太毒

父母都是老实人
一入冬
眼睛便容易犯病
有时客人拿来假币也分不清

2016

地铁 6 号线

路面的行人越来越多
城市越来越拥挤
人们开始往地下挖地铁
我在北京出行也基本是靠地铁
6 号线一开始是宽松的
现在也拥挤不堪
怎么办呢，继续往下挖么
再往下可就是地球的坟墓了

2018

白云上

我就是突然想给你念念诗
感觉这样很美好
我对白云说，我是念给她听的
而她自然不信，她知道我的心思在你这儿
这小半日我的确只想你
手机是飞行模式，直到绿色的地皮铺开
直到一座座高楼拔地而起

在白云上，应该做些有意义的事情
比如睡觉，看书
睡觉是为了给大脑松绑
看书是为了给灵魂松绑
如果说还有什么，那便是想你
白云如此干净，怎忍心用谎言
多美的云海啊，唯有她与你不可辜负

2018

在异国他乡与汉字相遇

当我遇见你，我体内思乡的因子迅速张开双臂
甚至冲出身体。这是血亲之间的感应
我恨不得调出体内 5000 个汉字紧紧围住这条街道
表明我此刻一点也不孤独
在这里，皮肤不同，语言不通，我已穷途末路
像被丢失在异地的一枚月亮
独自圆缺，自调阴晴
我站在这个用汉字书写的"中国菜"菜馆招牌底下
像一个遗失多年的孩子终于找到了亲生父母

2018

列车穿过我的身体

列车穿过我的身体，无非是索取
我身体的每一个部位都能到达一个目的地
我的胸怀是你要的大海，我的眼睛是冰天雪地
是绵延的雪村，甚至更北的，只有雪能抵达的地方
我的两肋生风，纷纷扬扬的雪花
包围着我，就如我的胃包罗万象
最后把我的骨头给被打穿的隧洞、盘山道、高架桥
给那些缺少铮铮铁骨的人

2019

牙 疼

她说她牙齿里住着一个伐木工
还是一个无证伐木工
每到临睡时
便开始叮叮叮
一夜叮到天亮
昨天夜里伐木工约了几个朋友喝酒
喝醉后
拿着一把钻机突突突
突
突
突
刻骨铭心

2016

我怀念收信的日子

你能给我写信吗？说说门口
没有开的花
说说起风的时候它们的情话
你是那么的浪漫
后来却停止写信
你说你害怕一朵花开
怕撕裂的疼
怕突然钻出一个长着奇怪脑袋的春天

我们许久不联系
你可以写封信和我告白的，很有可能
我就答应了

2016

劳　工

在一段漫长并且失败的爱情里

我像是一个劳工

把一段段誓言背往大山

学着石匠的样子

一锤一锤地把它凿进乱石当中

每天重复一样的活

越凿越深

凿进骨头，凿进血脉

身心俱疲却无法自拔

最后只好把一吨一吨的炸药埋进去

砰……

2016

与火星人对话

火星人你那几点了
26 点
怪不得我时间不够用

火星人不用睡觉吗
不用
怪不得火星人也要长青春痘

火星人也过儿童节吗
三十岁不过是身体里住着两个十五岁的女孩
想想也是，我 26，弟弟 25，妈妈已然半百

火星人也和我一样有妈妈吗？
我妈喊我睡觉了，火星人说

2016

自己做主

有一些东西，我们可以做主，比如恋爱
你可以谈一段只有七天的恋爱，也可以
不去谈。事实证明，后者自主性更大一些
偏偏出现诸如我之类矫情的人
心里想谈却打死不说
只会在文字里弄风雪
有时还会纠结于用楷书让它
变得端正，还是用行书让它看起来更洒脱

2017

午 后

那个午后你朝着我跑来
像深居简出的灵感
有一天突然打开窗子

不想听窗外的鸟鸣
它的声音是那么好听
我容易分心

不敢再多看你一眼
我很快就会产生要把你据为己有的念头
总有一天你会爬上烟囱离开

不愿在我爱的山茶花上刻下诗句
那会迅速让它走到生命的尽头

阳光下，我把这些心事放入装满水的裤腿
用力拧出干净得要死的文字

2020

分身乏术

我的分身总能及时出现

做着我想做却不敢做的事

对心仪的女孩说

我喜欢你

在被对方说得一无是处时

完美逆袭

大胆地喊出皇帝什么衣服也没穿

是喊出，不是说出

像在公交车上喊停咸猪手

拒绝闷不吭声

拒绝畏手畏脚

拒绝安于现状

我的分身要做的事情太多

它还要长出两只走遍千山万水的脚

长出一个能容下宇宙的胸怀

一道分身还不够

得一百道，一千道

我想做却不敢做的事情太多

2017

北有乔木

我在北方遇见自己的心房
它劝我住下来，满十年
能看清心之所向
我给心房设置一道秘境并做好十年规划

第一年，我把爱情的种子带去北方
把南方的河流掬去北方
在河流两旁我种上乔木
种上十里春风

剩下的那些年我都在等待
等待令人焦虑却又十分美好
在乔木下我等那个最爱的姑娘
等她偷袭我的心房
我的心房敏感
一碰就疼
但我的两排肋骨坚硬，是她最坚固的床

2017

杯弓蛇影

昨晚没睡好，还落枕了
整个世界硬邦邦地斜搁在我脖子上
门口的花也生动不起来
我不得不调整拯救世界的计划
我小心地看水里的鱼
小心地走路
小心地看你
小心地写着诗
我写心情，比如我表达坏心情
不用痛苦或者忧伤这样的字眼
我赞美祖国
不用伟大或者一直"啊"个不停
我想写你，不敢下笔
我害怕猜忌、决裂、心死，这些字眼被我一一揪出
毕竟昨天我们大吵了一架

2017

像我这个年纪无法平静地去爱一个人

时常会觉得我们在一起时的某些场景似曾相识
一个细节接着一个细节
甚至是接下来要发生的一幕
甚至是接下来要共度的一生

尽管你近来有些令人生厌
尽管你让我变得爱猜忌，较真，自私
从此以后，我看天更蓝，看水更清
看自己更深刻，入木，入骨，入心

我无法静下心来陪你看虫儿破茧、春蚕吐丝
看一朵花从吐蕊到盛开
我无法静下心来去写一首像样的情诗
想你的时候总是莫名躁动

我愿意与你去经历这些浪漫的、疯狂的、撕裂的
争与吵，哭与笑
毕竟，像我这个年纪无法平静地去爱一个人

2017

青眼相加

我们面对面坐着，你自鸣得意地介绍
翻白眼是你在人间唯一练就的一项绝活
你翻白眼时，我暗自揣测你的眼里
还剩什么。蹩脚的世界还是蹩脚的上半生
你是如何把翻白眼使用得这样气定神闲
那些令人不爽的、愤怒的、失望的事情
竟能一个白眼了事
我试着学你把眼球翻转，全露眼白
一把斧子凌空劈来
我赶紧摸摸自己的脖子，庆幸头颅还在

2018

与鼠书

我胆小如你，如今你的胆子已经大过我了
你敢明目张胆地过街
过街的时候敢穿着花裙子
还敢指着另一只鼠的鼻子怒斥：你挡着我的道了
我与你本是此消彼长的存在
五百年有王者兴，如今王者非你莫属
你有君临天下的气魄
有咬定青山的毅力
还练就了一身浑不知耻的鼠胆

2018

瓦 当

在浩浩荡荡的古典美中
瓦当只是一个细节
在种福堂王家檐头的瓦当上
我发现了另一个细节
一个自我封闭的形状：蜘蛛网的图案
我先是看见宋代的王渊在蛛网上退走
接着是吴镇
然后是文徵明
他们纷纷在这张蛛网上退走
仿佛这张蛛网成了隐士
隐遁江湖的通道
蛛网上留着许多气孔，也就意味着
有许多通道可以遁走
我在檐下也煞有其事地比较着
哪条道宽，哪条道窄
哪条道进去不疼，哪条道能全身而退

2019

公交站

一个公交站看见我走过它面前
并不开口说话
只有在与它生命气息一致的人走过时才张张口
它每天看着成千上万个人从面前走过
让一路奔波的公交车临时停靠，再目送远去
它在这个世上活得更像一尊佛
不轻易开口，却心系苍生

2018

炼化天上的云朵

在炼化完手上的钢铁和石油后
他开始往山顶走
山顶有一亭子曰修仙亭
他静坐亭中
任凭云朵进出身体
他把身体里的雄狮、猛虎
难啃的骨头、坚硬的兽壳
把那脊梁之上的血与泪
通通炼化。让身体对外部的敌意有更清晰的警觉
让难以言状的状变得掷地有声
冬雷夏雨后，在那些美好的清晨与夜晚
他掏出一只只云兽
去找那些已是陌路的人
曾有多少至爱
此刻就有多少只云兽下山

2018

楼下的樱花

楼下的樱花开了一半不开了
它突然心情不好
接着彻底进入冥想状态
花的想象力比我好
她飞向河外星系的时候还朝我喊了一声，一起走啊
花的人际关系比我好
我所熟悉的人都生活在地球上
花不一样，她离了地球还可以到其他星球
"春羽星""昙花星""紫罗兰星"
单是樱花种类的星球就遍布河外星系
"山樱星""椿寒樱星""垂枝樱星"
还有各种不知名的星球在等着她
我在阳台上朝她挥挥手
去吧，去吧，祝你有一个美妙的旅程

2018

驭兽术

他精通驭兽术

能让牛鬼蛇神、虎狼狮子听从指令

号令一出，莫敢不从，无问西东

他还能指鹿为马，让它日行千里

也能让它南辕北辙

动物界原有的秩序开始分崩离析

让术有专攻变得无所事事

让以一当十变得劳而无功

唯一没有改变的是兽性

他没法在光天化日下做的事情

都交给了手底下的兽

论兽性，一只兽只有一种兽性。他有千万种

2018

出生帖

一个一生下来，就选择瞎掉的人
总有他的理由
比如不愿意看见这世上的什么
也有选择聋掉的
总有风言风语是他不想听到
而与我一样对人生充满巨大困惑的人
一生下来就哭个不停
是为了什么
我问过自己，是有话要说
想替一生下来就瞎掉、聋掉的人据理力争

2018

子丑寅卯辰

对着星空

我说不出个子丑寅卯辰

星空太大，太深奥，藏了太多秘密

对着你

我也说不出个子丑寅卯辰

你和星空一样

有几次我感觉自己无限接近你了

最后发现我仍在齐，你仍在楚

我走失的那些牛马也没能走到你的境内

对着我所做过的事情

我还是说不出个子丑寅卯辰

有些事不值一提

有些事乱七八糟

还有些事的确是我做错了

我如何有底气自我辩解

如今我只对触手可及的幸福怀有期待

明天的早餐会更美味，明天的天气会更晴朗

并且在今晚

我已备好了明天要用的食材和旅行装备

2018

谒巨石

它刚来这世上时雄心勃勃

手舞足蹈

准备大干一场

一百年后，发现已无事可干

最熟悉的那一批人

百年之后都已入土

年轻的山民来来往往十分忙碌

偶尔会有几片小石块被翻动，拉走

垒墙或盖房子

山村变成城市

城市变成更大的城市

沧海桑田，唯有它岿然不动

我在博物馆里指着眼前的一块巨石说

我们不能就此轻易下结论

它铁石心肠

你看它凹陷的地方

就知道它肯定也痛苦过

2019

捣衣声

月亮在白天黯淡无光
到了夜晚才放出光亮
此时大地上还未入睡的人
异常清醒，他们正为一天的忙碌结算
洗尽铅华。楼上有个姑娘在洗衣
四周寂静，月色清冷
衣服刷子轻轻地刷着，水哗啦啦地流着
有一种人生初相逢的冲动
我躺在床上计较一天的得失
上午为了给一首新写的诗收尾
误了报税的时间
傍晚在一场交通事故中协助疏导人群
无法赴一场友人的约
晚上超市买菜时，挑到一条被磕烂的萝卜
捣衣声中，我想着窗外的一天霜月明
那些离乱的日子里
谁家捣练风凄凄
谁家夜捣戎衣向月明

2020

对立面

从雨水到谷雨
雨断断续续地下了两个月
雨后久违的阳光
格外明媚
我到阳台把被子收回
闻着满满的阳光味道
觉得好富足
这简单的晴雨交替
也容易让人感慨
夜最深时黎明就来了
坏运到了头好运就来了
在人世的沟壑中摔倒的次数多了
就容易在自己的眼睛里看见山河
眼前这处理不完的琐事
说明我们对生活已爱得十分透彻

2020

说一朵花的美

一个女子再美也美不过
一朵花
花美在不俗，美在不期而遇
美在被人作为喻体
轻而易举
把一切像花一样美的女子都比下去
貌美如花的女子
终究不如
出水芙蓉来得天然
不如
梨花带雨让人心动

2020

说一只碗

爱是白云蓝天，晴空万里
这不对
爱是突然的暴风雨，是我们昨晚商量好的
第二天一起去看海
而在临行前我不小心打破了一只碗
你吼了我，我终于也吼了回去
碗比我们能宽容
它完好时能装饭
不幸被我打碎了还装得下这争吵的声音

2018

说两棵树

窗外是靖台山

山上有许多树

有两棵树和人的体形非常相似

它们面对面站立着

像在和对方说话

它们一站就是一辈子

像是一对永远热恋中的情侣

有不尽的话要跟对方说

只有下雨的时候

它们才耷拉着脑袋

其实我并不确定它们是否一直在说话

也可能是

一辈子都在冷战

2020

第一旗山

像一杆绿色的旗子

象征着爱情

又像一张棱角分明的侧脸

绝口不提爱情

1520 米海拔高度上的风车

在借助风力发电的时候

已经走漏爱的消息

山顶是一片开阔地

绿草如茵

白色的花蕊在小树上盈盈地挂着

像一个小女子黏在恋人身上

杜鹃花星星点点

也在风中眉目传情

还有低头交谈的野生草药

使这里成为一个天然的爱情牧场

当地农民在这里放养的牛

再没有下过山

2020

天冠说法台

中国东南方的支提山上有一巨石

得天冠菩萨点化

孕育出佛胎，悟出佛理

名正言顺地成为支提山的领袖

各色花草匍匐在它脚下

独具慧根的人

爬上去。巨石会显灵

助他洗去一身浊气，领悟妙法

上去的人多了

巨石不单说佛法

还说山中万象

说无为，说中庸

说努力爬山的人

半途而废的人、望而却步的人

巨石闭口不言的时候

看起来也是雍容大度

石台拔地而起，高百尺、宽数十丈

壁削直，台面平

可容百人，多产兰蕙

2020

黄柏古银场

遗留的 200 多个采矿洞
隐没于荒山峭崖之中
像大山的眼睛
谁也不知道
他们在看什么

矿井深浅不一
乜斜，专注或是深情
目光最深邃的那个矿井
仍会经常浮现
皇帝派道台来黄柏督办炼银的场景
彼时的烟火、辛劳、粗暴的抽打
都随着一次塌方
湮没在历史的回眸中

没有人知道
那遗留的 200 多个矿洞
就是塌方之下求生的眼睛

2020

夜半驱蚊

有一只蚊子

它扯着我的耳朵

嗡嗡嗡嗡叫个不停

把我从梦境里拉了出来

像有什么十万火急的事情

要我立刻去做

像是这人间没有我

万物会停止生长

律令无人遵从

它从黑夜中飞来

把我认作它在人间的唯一的灯塔

它时而以万马奔腾之势

兵临城下

时而又如打游击的山匪

左边耳朵放两枪

右边耳朵放两枪

我终于忍受不了了，起床把灯一开

却又是无影踪

一片太平盛世的景象

2019

待产房

在待产房
我看见妻子满头大汗
忍受着疼痛
我完全可以想象接下来要发生的一切
火车穿过隧道
穿过大山的血肉和骨骼
助产士说开十指了
我被请出产房中心
在产房门口我来回踱步
直到半小时后宝宝哇的一声啼哭
我停住脚步
这一长声鸣笛
意味着火车已接近车站、桥梁、行人、施工地
接近人间，接近光明

2019

母婴同室

他不会直接说，我饿了
不会直接说，我拉臭臭了
他只是哭
他也不会直接说出
他的疼痛
这点倒是最像我
比护士阿姨她们说他鼻子像我
嘴巴像我
要更加准确
他想要说的一切
只用哭声
这一方式表达，固执
却省事并行之有效
他并不想让别人
清晰地知道
他的意图
以及他内心最柔软的地方
连他最亲的妈妈、爸爸
也不肯直接告诉

2019

婴儿夜啼

哭能解决事的
一是孟姜女，二是我的宝宝
宝宝常在夜间啼哭
破坏力虽不及孟姜女
凶起来，也是能哭毁整栋楼
每每波及邻居让我心里难安
他啼哭不止
倒像是我们做父母的
给他找罪受
深夜中的这只小怪兽
油米不进
怎么都哄不停
他的哭声在我耳朵里绕
并且很快就联合了墙外的空调挂机发出轰鸣声
风也成其帮凶
我感觉到，哭声已经越传越远了
我努力捉住风的翅膀
不让它把这哭声传得太远

2019

想事情

宝宝满月后经常一个人想事情

他不哭不闹

神情专注地望着远方

很遗憾他的远方

常被房间里的墙挡了回来

我曾经也有许多远方

被形形色色的墙挡住而未曾踏足

我现在很少再一个人想事情

像是已经胸无大志

像是很多事情已经想通了

像是世上那许多的墙生来就是为了挡住世上那许多的路

2019

这一天的其他时辰都变得不重要

而立之年，总觉得身边有人喊我去做一些事情

立心，立命，继绝学，开太平

一天当中总有一个时辰是我所期待的

申时，我在赴一个友人的约

亥时，月光花独自开放

安静的早晨，你把我从床上摇醒

还有每天一下班就可以看到你屁颠屁颠地跑过来

喊一声：爸爸

这一天里的其他时辰都变得不重要

2019

牙 齿

我带着五个月大的宝宝到牛排店
他看着我吃着水果沙拉
吃着意大利面
吃着一大块刚出炉的鸡柳
看着看着，他口水就要流下来了
我给他一小瓣苹果
又给他一小瓣梨
并告诉他，这叫苹果，这叫梨
他张开嘴吮了一会儿
又看着我用刀切开的牛排
想伸手抓
你都还没有牙齿，这你可咬不动
我把他的手摁了下来
此刻，他多羡慕我有一口牙齿
可他不知道的是我这口牙
除了咬牛排，还需要咬下
不知道多少难啃的硬骨头

2019

命　数

我以前并不信命数
有的人只活一辈子，而我可以活许多次
在诗里，我硬生生地把自己活死
躺在地底下我就想，如果换一种活法呢
于是我把自己复活
我活在盛世之下，也活在荒野之中
我活得不可一世，甚至不畏生死
唯一一次我活得
患得患失，是站在你面前

2017

逃 避

蕉北的空气燃得正欢
时光的灰
盖住前行的步伐
荷叶连连，如城似笼
那躲在文字里的
再养仨月也胖不了一个秋
忧虑太重，红枫太轻

没有警服，没有警枪
歼灭敌人的是又一次的午后遐想
是不着边际的沉沦

天空以下患上颈椎病
时间久了会治不好
医生说要多运动
每逢坏天气
比如刮风下雨、雾霾地震
树枝咯咯作响
房屋咯咯作响
许下的爱情，坚定的信念也咯咯作响

2015

真　相

郑某云，因涉嫌诈骗罪被刑事拘留
在谈话室，她把一堵世事洞明的墙吃进去
却不肯吐出真相
她不知道的是，闭口不言
并不能让真相消失，也不能
让线索模糊，空气会从她的指尖划过
会进入她的耳朵、鼻孔
只要身上存在漏洞，空气就无孔不入
何况我们都已经活得漏洞百出
我劝她坦白从宽
让体内的假有处可去，让世上的真有迹可循
她坐在我面前开始撕扯衣服
"那衣服是我孩子穿的，上面有他的气息
我不要把他的东西带到这里"
我移步监控室，开始观察她的身体
试图抽出，她身体里的秘密
"我有躁郁症，生完孩子后逐渐显露
控制不住撕东西"
我将此事记录在工作本上
并建议将郑某云列入风险评估三级

2019

臆　想

我把自己想象成一名真正的战士
持一把枪，不用笔
笔已患上关节炎
下半身埋入土里
不再写风，写雨，写春秋

钢笔水还剩英雄牌
甩在街上也是一溜儿一溜儿的花
都随风化为马
跑啊跑啊跑过冬夏

于是，办公楼的栏杆都拍完了一遍
那日我又想
御风而下，在混乱的火车站
一枪击中恐怖分子的胸膛
或者在繁华的市中心
身着警服
只手卸下摧毁一座城的　空虚　我的身体

2015

日 历

你见过五颜六色的日历吗
乡下都用这种
一周七天的颜色都不一样
我的童年在乡下
很快就过去了
我最喜欢的是红色
红色是团聚，是欢笑
春节是红色，中秋也是红色

2019

赤溪村记

进入村庄，我背负使命
为中国扶贫第一村作传
秧苗忙着入田
茶叶继续发芽
烟斗上的青烟不紧不慢地往上飘
好像我的到来
与它们无关

就这样　我轻易地进入村庄
就像轻易地进入童话故事的核心部分
我向一只蝴蝶问路
和一头水牛谈今年的耕耘情况
村道干净整洁，没有摆纪念品
也没有各种烧烤架子
山坡上摆满的是
五颜六色的花儿
为春天留一条去路

2016

夜宿赤溪村

我在小木屋里写这个村庄
写 30 年来的变化
写石碑的年代
年代里的扶贫事迹
写蝴蝶谷的秘密
花朵的颜色和春天的气息
写完这些，我就可以趴到窗台上数星星了

星星在开沙龙
围成一圈
挨着我的那一颗星突然明亮
也许它们正在进行一场激烈的辩论

嘘，别靠近
九鲤溪的鱼儿在用方言给我传话
咕咚！咕咚！

2016

赤溪村的早晨

赤溪村的早晨是清静的
有青山和溪流环抱
自愈能力极强
昨天一行人在小木屋前举拳宣誓
要热爱生活，热爱这片土地
被占用的空间、空气和荣耀
今天又完好无缺地复原，在这里
没有一条河会担心自己流成什么形状
没有一座山会担心自己的高度威胁到天空
没有一个生灵会觉得孤单
花朵有蜜蜂照顾，鱼儿有顽石相陪
我推开门到小木屋外与向日葵一起接受
阳光普照。见证一个早晨的形成

2019

叫 声

我爱着你，如我爱着草木
爱着那芬芳
因为草木，我心葱茏
我听见一棵小草的叫声
在我心里叫出一个深谷
我听见一朵小花的叫声
在我心里叫出一座花园
我听见一粒沙子的叫声
在我心里叫出一片大海
我还听见糖果的叫声、枯藤的叫声
隧道的叫声。叫声由远及近
时而强烈而甜蜜，时而模糊而伤感
像是那月下的老僧
一会儿推门直入，一会儿退步轻敲

2020

下半夜

家住南国
在潮湿的下半夜
入骨的相思
时不时地把我疼醒

它像一只蛊虫
钻进我的身体，把胃、心脏推来推去
还把肝也整得毫无脾气

我们曾经最热烈的
黄昏或清晨
在没有你的日子里
纷纷掉色

就着窗外的露水
那在我心底种下的字
若隐若现

2015

一枝不说话的花

今夜，没有红月亮
像你的心事
不绽放
采一缕风
做一枝会思考的花

于寒露夜
等你骑着木马而来
说一段你的过往
或者只是你来时那些有趣的事

等你，在天明时
在你未开口前的清晨
记得拿个瓶子
在花下
那是我要对你说的所有

2015

留一个月亮

我在不停地临摹一首诗
直到出现你的样子
在一片我写过的湖边

你在木棉掉得最频繁的日子
俯身照水
我在水里，在你的眼里
你不让我动
好像风会发现我，把我带走

明月下你起身
饱含深情地念着不朽
你不知道那会儿有多美
每一个词都起舞

我在最容易忘事的时候把你想起
你是不是还念诗
戴着老花镜，念我们分离后的日子
念我也花白花白的头发，老得迈不动的腿
念一起放飞的孔明灯
它越来越远，越来越小

只剩一个月亮

2014

毒　花

无药可医　唯有爱得更深
　　　　　　——梭罗

我没有坐上木船，没有到阳朔
我就停在你这里，亲近你
蓑笠渔人，白鹭竹筏
岸上的民谣歌手也让我感到亲切
他们在唱什么呢？
唱什么不重要，重要的是他们刚好在这里
我还想亲近你这里所有的花朵
想问问她们的名字
了解她们的脾气和过往
我也会把自己所有的名字都告诉她们
坦白那些我爱过的毒花
夹竹桃、一品红、马蹄莲、虞美人
夜来香、南天竹、花叶万年青
她们美得千姿百态，也烈得各有各的脾气
我在夜色中和你拥吻
离去时充满伤悲
当我感觉到被你咬破的嘴唇流下黑色血滴
我清楚这一次无药可医

2020

晚　熟

两排青峰让白云更白
远山更远
枫叶夹着思念
簌簌下落
我　回得迟了又迟

让他们都先老去
包括天气
都表现得极不成熟
让人捉摸不定

山里的姑娘
和柏洋的葡萄一样晚熟
倚着旧柱子
躲在新农村身后

破败的老房子拆掉重建
并不可惜
无法抵挡
有时候心情的突然崩塌

2014

旧钥匙

那时一双草鞋可以穿好久
路过春天
路过你家门口

那时一把锁只配一把钥匙
开了门
便住进你的心

你外出已有些日子
草都荒芜
路也变小
我站在褪色的春联下
竟是如此吻合

惊蛰又至
北雁南归
你　迟迟未回

门上的锁换了
我还拿着旧钥匙

2015

时光切割线

忧郁养活不了自己
冬天要来了
我需要做出一个决定

我们中间横着许多座城
隔着山，隔着水
人山人海
我走不进，你出不来

那就守住老城吧
坐在高高的谷堆旁边
收割一阵风、一阵雨

一粒一粒，选择即放弃
把秋收的日子
剥开，把此生延续

2015

租　客

在夕阳下租一所房子
白色的门，白色的窗
打开天空和薰衣草
牵出老黄牛向函谷关迈去

还要租一座雪山
玉龙或者白马
从河谷到峰顶，旦暮之间
完成一次迁徙

裹着彩霞
借来蓝天白云、流水大地
每阵风过
都小心翼翼

当云雾散开，星月落下
跋山涉水
带着老黄牛归还

我们都一样，匆忙赶来这世上
向浩瀚的宇宙租赁一个角落

心甘情愿，把一生留下

2015

南岸北岸

向北望，框住一池春水
待春风
把青山绿透，明月送还
把这许多的心事
洒向人间四月

留一捧随清明雨
借路过的长蒿，渡去
驿上梅花，鱼中尺素

清晨，去见一只平凡的水鸟
夜幕降临
支起蛙声一片
星月换了又换

你的船儿太小渡不了东湖的水
向北望
等待，不过春夏秋冬
出走，却是一生寒暑

2015

树 心

月圆之夜错杀一次秋风

至今难寻

一树桂花的下落

不留痕迹

整齐划一的柏油路覆盖

青草青青

高楼退回森林

轻浮的誓言退回字典

在有月的晚上

虚空之中，建构一个国度

内植桂花树

草鞋还在父亲脚上

村落深深

弥漫着化不开的米酒香

东倒西歪的是树，是一树的年轮

浓浓的乡愁

赤脚走回树心

2015

沉在水里的诗

一段《怀沙》，一条深深的江
一朝沉浮，多少离恨春秋
各具心思，都寻着这一具风骨

锣鼓从江头敲到江尾，直到这个重五
江客的嬉笑怒骂把红船上的花灯渐次挑亮
鱼泡泡里满载屈子的叹息

诗人们划着龙舟赶来
横桨击起千层波浪
"油油的香草在水底招摇"

经菖蒲酒浸泡了千年的离骚
晾上阳台
风醉红了脸
踉跄着跨到了邻家的窗上

我期待着她打开窗户
也能满怀虔诚之心与我对诵一段
这

沉在水里的诗

2011

江南小镇

小镇在月光下是安静的
我骑着木马在镇上
连马蹄声也没有

小镇的墙在月光下是安静的
小镇的人都撞在墙上
消失在墙里

小镇的荒草在月光下是安静的
偶尔幽怨，怒吼
摆着风的姿态

小镇的你在月光下是安静的
如
雨的翅膀

白色的小花
飞上铺满月光的天空
天空下曾经是一片在秋天收获的稻谷
我送你的碎花裙爬满了田鼠与泥土
生长在

那段唤作思念的墙

2011

重　生

让我的诗句散落在天涯
就在那我重新安家

让我迅速在梦中毁灭
如板块激烈碰撞后归寂无声

任海啸冲刷那一切罪恶环绕的山峰
把诗句横铺在那一望无际的平原

如果你也愿意来这片没有阶梯的光泽之地
定也能遇见我在那静静写诗

2010

我是一个爱哭的孩子

我是一个爱哭的孩子
骑着木马飞过大海
我是一个爱哭的孩子
我的脸如云一样阴霾

我常梦见自己爬上家门口的树
折一枝条鞭策木马
我把恶意揣测别人的想法埋在树底下
不希望它开花

我是一个爱哭的孩子
我的木马笨又傻
我是一个爱哭的孩子
骑着木马飞过大海

2010

小 鱼

有一天你厌倦了水
犹如厌倦了我
你说你要飞翔
我——

而我——
祈求太阳蒸干自己
化为天边的云
等你再次停留

2011

我要一首诗从阁楼上下来

我要一首诗从阁楼上下来
陪我在台风天看海
并大步走在
这些文案，这些派车单上

我要一首诗
也能听懂你的话
绕过关山，绕过江南
绕过那些脏水和衣服

你有一个生来便会作诗的女儿
是的，孩子写诗就是快乐
没有什么苦大仇深
她现在可不知道什么是诗歌
不知道也好，知道了就不会写了
其实我也读里尔克，读特朗斯特罗姆，读拉金

2013

在蚁界，这也叫天降大任于斯人

我在它前行的路上画下一条线

对它而言

这是一道沟壑，是崇山峻岭

它不停打转，突围

我又在它前行的路上倒下一杯水

它在水边踟蹰

摸着自己的大脑袋打定主意：逆流而上

到了上游，我伸手轻轻把它一弹

它又回到了原点

它在滑行回原点的半空肯定也郁闷过，绝望过

也问苍天，为何命运如此多舛

我把它捏到一只雌蚂蚁附近

很快它们相遇并相识

在它深陷爱河的时候

我把它捏走

让雌蚂蚁以为它是个负心汉

实在不忍心看小蚂蚁背负太沉重的指责

我带它到海边散散心

在海边它想着这些年发生的事情

它在想其他的蚂蚁是不是也会遇到这些麻烦

是不是蚂蚁以外的生命也是如此

它像一个智者

在一望无垠的沙滩上正想着这些事

突然一个海浪打来

把它拍晕在了沙滩上

遇到像我这么无聊的人

是小蚂蚁这一生最大的不幸

可那些强加给它的千沟万壑

在蚁界，也叫作天降大任于斯人

2019

辑 四

壮族故事

妈勒①访天边

乌鸦吃掉最后一枚太阳

夜横冲直撞，推倒好几条山脉

硌下一身伤。族人商议去天边挖个窟窿

把夜塞回去，把光放出来

老年人说，我们年纪大了

别的重活干不了，但路还可以走

青年人说，我们身强体壮不怕山高水深

小孩说，天边离得很远很远，说不定要走三十年

四十年，五十年，甚至八九十年

我去最合适——

一个孕妇说，我年纪还轻

可以走五六十年，若还走不到天边

我生下的孩子，他可以继续走

2017

---

① 妈勒：壮语，即母子。

三月的后门山

壮家人认为山有灵，山寨后面的山

忌砍伐，开荒

宜植树，在树下相见

三月适合相见

木棉花开得热烈

远远看去像高举的火把

三月适合繁衍

大榕树根深叶茂

像壮族的子孙人丁兴旺

三月适合爬上山坡

摘下后门山的枫树叶

做一春香喷喷的五色饭

它象征着五谷丰登

壮家人把这些神树当作相认时的信物

凡是能从体内抽出其中的一种树

便被认定为壮族的子孙

凡是身后站有一座后门山的人，都被视为族人

2020

莫一大王①的赶山鞭

风雨大作夜，我看到他急急奔逃

骑着一匹神马飞回南丹

像雨水归入大海

身后是土皇帝派来捉拿他的十万大军

他取出一根赶山鞭

把贵州地区的高山像赶牛一样赶到广西来

想把大军围在山里

黑夜侧身，闪进一道人间的暗门

毫无察觉，他赶着一群山累得睡着了

醒后遇一妇人：你看见我赶的那群牛了吗

我只看见许多山，没看见你的牛

听到妇人之言，赶来的群山都不走了。他无奈被擒

骤雨初歇，我接过他手里的赶山鞭

为南丹英雄庙里的他赶走那个风雨肃杀的北方

鞭碎那些临阵倒戈的山、墨守成规的山

2020

---

① 莫一大王：壮族的英雄祖神，是能呼风雨、驱鬼神、敌盗寇、护百姓的英雄。

一幅壮锦

大山脚下，一间茅屋孤单地坐在暮色中

对座的是一个壮家的老阿妈

她身上穿着一件黑麻布衣

像是披着一片更深的暮色

她织得一手好壮锦

她说她想织一个村庄

村庄里有许多好看的房子

房子前面列队着一片金黄色的稻田

像站立着的黄金护卫队，忠诚而谦逊

有一条小河穿过簇拥的人群

让快速发生的事情慢下来

河中船只来来往往

有的载人，有的打鱼

山坡上牛马成群

每一头牛每年都要过一次生日

每一匹马都有一个响亮的名字

街上，田里都是壮家人

他们一边唱歌一边生产

当壮锦织到一半的时候，没有花线了

老阿妈没钱买花线

就把头发一根根扯下来做花线

每扯下一根头发就掉下一滴眼泪

一滴滴泪珠落在壮锦上

变成一座山、一条河

一排房子、一片田园、一群肥壮的牛马

2020

木马夺锦

山川吐出明月
老屋吐出马槽
木马吐出松油灯
第一千盏，不知疲倦
马槽落满雪花
眼泪淌成小河
老阿妈坐在小河边织一幅壮锦

说说那太阳山的黑风
呼啸呼啸
像打家劫舍的惯犯
把刚织好的壮锦卷跑了

小儿子咬破手指
鲜血喂饱木马
穿破大山
穿破呼啸呼啸的黑风

2017

染　齿

达戛的深山，起雾了。似穹庐
阿婷把渺小的自己揉进庞大的雾中
危险靠近时，仿佛只有置身于更大的模糊
才能保一时无虞。深山有猎豹、猛虎
山外有更狠的角色，一个心怀不轨的
土皇帝——他带兵围住了村庄
阿婷逢山便拜，逢水便祭
茶花开遍山野，凤凰飞来对她跳舞
山雀衔来树枝为她铺垫软床
阿婷走累了，就睡在这软床上
迷迷糊糊中，她听到大山在说话
孩子，想要避过这场劫难
就用黑果子把牙齿染黑吧
土皇帝不喜欢黑牙齿
可好小伙会喜欢心地纯洁的姑娘
大山扯下灰色长袍，许多小脚出没
切肤之痛清晰起来
阿婷走出山，用一口黑牙吓走了土皇帝
达戛一带的壮家姑娘纷纷效仿阿婷
采摘黑果子染牙齿，还说牙齿愈黑心愈白

2020

敢壮山的老牛

一支芒筒在黄昏中吹响敢壮山的心事

节奏缓慢，像在托付后事

它把无边落木托付给深秋

把离群的大雁托付给北方

把裸露的岩石托付给落日

唯独一只老牛把头埋在深山之中不肯抬起

老牛老了

牛爷也老了

牛爷需要离开生活了一辈子的干栏式民居

跟着女儿小七到新开发的小区里养老

小区没有牛棚，也不准养牛

牛爷把老牛牵到溪边，给老牛洗了个澡

稀少的牛毛理得光亮顺滑

落日下，一团晚霞披在牛背上

像是小七奶奶生前用过的那条绣花围裙正围在它身上

2020

铜　鼓

天上的星星都上夜班
拘留所视频监控室的同事也上夜班
他们的眼睛有光
人间诸多事需要照看

月黑风高夜易滋事
偏远的山区
照不到光亮的村寨生出了毒虫恶兽
人们多希望
地上也能长出星星照亮每个角落

对着祖传下来的铜鼓
我仔细端详
铜鼓封顶处绣着一颗大星星
腰身处还绣着许多小星星

布洛陀①说，这东西叫阿冉②
它就是地上的星星

————————

　　① 布洛陀：壮语，即壮族始祖。
　　② 阿冉：壮语，即铜鼓。

用拳头在封顶处的大星星上一擂

铜鼓雷鸣一般响起来

毒虫恶兽就会被震得头昏眼花，东奔西跑

壮家人还抱着铜鼓唱歌跳舞，打猎占卜

它全身充盈着星光

装得下金银、五谷和美酒

也装得下无边的黑暗和虚无

2020

壮族姓氏释义

洪水淹没了村寨，漫过了森林，吞掉了高山
像一张天罗地网
四处是令人窒息的水
陆地上所有的生物无处可逃
一对躲在葫芦里的兄妹
侥幸存活了下来
为繁衍后代，兄妹俩结为夫妻
妹妹生下一个像磨刀石一样的怪胎
两人非常生气，拔刀把怪胎砍碎
碎骨碎肉到处抛撒
让人惊讶的是这些碎末都变成了人
沾在黄土地上的姓黄
卷到沙漠里的姓莫
飞上蓝天的姓蓝
落到农田中的姓农
而我的姓氏，一直难以找到合适的地方栖居
《说文》曰：韦，相背也
我的祖上一路南迁，距故乡越来越远

2020

山茶花

三月三，山坡上开满了山茶花
这盛开的
许多的雪
是人世间最干净的白

我们坐在山坡上对山歌
提着礼物，着盛装
像在进行一场辩论赛
更多的时候像是在谈情说爱

春日暖暖
谈到哪是哪
你我都是有情人
不想负了这盛大的白

2020

父 亲

平安夜的苹果垒满书桌

宛如一座小山

父亲靠在走廊的尽头

燃着烟

我依然能感觉到他嘴角轻轻上扬

模仿月牙的弯

壮族有这么一个传说

月牙是母亲的笑，而父亲是太阳

被撕裂的晚霞

一丝一丝布满天边　不疼

我们都懂得

父爱永远是这般粗鲁的手掌

直到烟灰撒在阑尾炎上

你说让你抽完最后一根　南方的狼

2012

查无此人

我叫韦廷信
来自壮族
我的民族特征只剩一个姓氏
贴在身份证上

我坐在畲族作家群里
谈民族文化
紧张得说不出话
其实我是无话可说

专家考据
我来自广西
也可能来自木马的肚子
甚至能追溯到甲骨文的骨壳上
但我去找壮族兄弟认同身份时
却查无此人

2016

图书在版编目（CIP）数据

土方法 / 韦廷信著. -- 武汉 : 长江文艺出版社，
2020.11
（第36届青春诗会诗丛）
ISBN 978-7-5702-1883-7

Ⅰ. ①土… Ⅱ. ①韦… Ⅲ. ①诗集－中国－当代
Ⅳ. ①I227

中国版本图书馆 CIP 数据核字(2020)第 205377 号

特约编辑：寇硕恒
责任编辑：王成晨　　　　　　　　责任校对：毛　娟
封面设计：璞　闾　　　　　　　　责任印制：邱　莉　　王光兴

出版：长江出版传媒｜长江文艺出版社
地址：武汉市雄楚大街 268 号　　　　邮编：430070
发行：长江文艺出版社
http://www.cjlap.com
印刷：湖北新华印务有限公司

开本：850 毫米×1168 毫米　　1/32　　印张：6　　插页：4 页
版次：2020 年 11 月第 1 版　　　　2020 年 11 月第 1 次印刷
行数：3644 行

定价：46.00 元